Ye

1367

ODE.
AV ROY.

DIVINES *fources de la gloire,*
Enchantereffes de nos fens,
Illuftres filles de Memoire,
Delices des cœurs innocens,
Amour de mes ieunes années,
Belles Reynes des deftinées,
Chaftes Deeffes que ie fers,
Mufes, venez fur nos riuages,
Pour rendre vos iuftes hommages
Au plus grand Roy de l'vniuers.

A

Race des Dieux, doctes Pucelles,
Vous ne verrez point dans ſa cour
Luire les flâmes criminelles
D'vn aueugle & volage amour,
Ses vertus en ont fait vn temple,
Et bien que l'on vous y contemple
Brillantes de feux & d'attraits,
Vos beautez de tous deſirées,
N'y ſeront pas moins aſſeurées,
Que dans vos plus ſombres foreſts.

Tous les Rois ont vne couronne,
Tous ne la ſçauent pas porter,
Tous au pouuoir qu'elle leur donne
Ne ſçauent pas bien reſiſter;
Souuent leur grandeur les tourmente,
Le ſceptre dans leur main tremblante
Eſt ſouuent vn peſant fardeau,
Souuent leurs ſoins ſont inutiles,
Et ſouuent pour leurs yeux debiles
Le diadéme eſt vn bandeau.

LOVYS d'ont l'vniuers admire
La sagesse & la Pieté,
Ta puissance dans ton Empire
Est conduite par l'equité
Le sceptre dans ta main vaillante,
N'est point vne charge pesante,
Tes soins nous sauuent du trespas,
Tu iouys tousiours de toy-mesme,
Et ton superbe diadéme
Te pare, & ne t'aueugle pas.

Que dessous vne loy seuere
Tu sçais bien ranger tes desirs,
Et que ton cœur demeure austere
Parmy les plus chastes plaisirs,
La molle oysiueté t'offence,
La Volupté craint ta presence,
La Vertu luit dans tes regards,
Elle reigle tes exercices,
Et tu ne trouues tes delices
Qu'en ceux de Diane & de Mars.

Quand pour le mal-heur de la terre,
On veit vn Demon furieux
De Henry , ce foudre de guerre,
Borner les ans victorieux,
Chacun se plaignit que la Parque
Soumist si tost ce grand Monarque
A la loy commune du fort,
Et pensa que le parricide
Du coup qui blessa nostre Alcide,
Auoit blessé la France a mort ?

Mais tu nous fis bien-tost connoistre,
Par des triomphes inoüys,
Que le Destin faisoit renaistre
Cent Alcides en vn LOVYS :
Les Titans qui se souleuerent,
Par vn iuste coup éprouuerent
L'effort de ton bras valeureux,
Chacun adora ta puissance,
Et connut que l'obeyssance
Estoit l'art de se rendre heureux.

Alors que dans la fantaisie
D'vn peuple en sa foy chancelant,
L'aueugle & superbe Heresie
Ietta son venin violent,
Les Eumenides forcenées,
De leurs torches empoisonnées
Vindrent les esprits enflammer,
Et Bellone plaine de rage,
Excita par tout vn orage
Que nos Rois ne pûrent calmer.

Dessus les riuages de Loire,
On veit ce Monstre audacieux
Attaquer sans crainte la gloire
De nos plus vaillans demy Dieux;
En vain pour vanger leurs injures
Ils luy firent mille blessures
Dans les plaines de Moncontour;
Il en guerit dans la Rochelle,
Et ceste fameuse Rebelle
Fut son Arsenal & sa Cour.

Alors des Puiſſances ſupreſmes
Le ſaint reſpect en fut chaſſé,
On fit vanité des blaſpheſmes,
Le vice fut recompenſé;
Le Throſne & les Temples tomberent,
Les plus innocens ſuccomberent
Souz vne iniuſte authorité,
Le zele fut vne manie,
Et l'inſolente Tyrannie
Y prit le nom de liberté.

Enfin ce Monſtre epouuantable
Brulant d'vne noire fureur,
Voulut d'vn effort deteſtable
Faire triompher ſon erreur,
Les fiers Peuples de la Tamiſe
Pour ſeconder ſon entrepriſe
Acoururent de toutes pars,
Et plains d'vne vaine eſperance,
Crurent que les lis de la France
Couronneroient leurs Leopards.

Ta

Ta langueur en ceste auanture
Où la mort s'offroit à nos yeux,
Estoit vn fauorable augure
Pour les desseins des factieux;
Mais la santé te fut renduë,
La Reuolte toute esperduë
Laissa cheoir son triste flambeau,
Et dans ceste orgueilleuse ville
Dont elle faisoit son azyle,
Elle rencontra son tombeau.

Henry qui de sa renommée
Vid les Sarmates amoureux,
Et dont la grandeur opprimée
Meritoit vn sort plus heureux,
Flatté du gain de deux batailles
Crût que bien tost sur ses murailles,
Il feroit les Lis refleurir,
Mais son attente fut trompée,
Dieu reseruoit à ton espée,
L'honneur de la faire perir.

B

Toy seul as sceu ietter la foudre,
Dont les efforts plus que mortels
Reduisant ses rempars en poudre
Ont en fin vangé nos Autels;
La Discorde aux crins de viperes,
Qui iadis estonna tes Peres,
Voit par toy son trouble finy,
Et par toy malgré son audace,
Le redoutable Dieu de Thrace
Est de nos Prouinces banny.

Que par vn miracle visible
Le Ciel seconda ton dessein!
Que d'vne constance inuincible
Il arma ton genereux sein!
L'Enfer qui d'vn Peuple infidelle,
Soutenoit l'iniuste querelle
En vain s'esleua contre toy,
Et ne put auec ses Furies
Parmy tes troupes aguerries
Semer la reuolte & l'effroy.

Neptune qui d'vne parole
Appaiſe les flots courroucez,
Et par qui les ſujets d'Æole
Dans leurs antres ſont repouſſez,
Sortit de ſes grottes profondes
Dans ce beau char ſouz qui les ondes
Ont la fermeté du cryſtal,
Et vint luy-meſme auecque ioye
De ces mains qui batirent Troye
Fermer ſon ſuperbe canal.

Apres ce ſiege memorable
Qui combla tes armes d'honneur,
Dedans vn repos fauorable
Tu pouuois gouſter ton bon-heur,
Mais ſi toſt que Themis t'apelle
A quelque entrepriſe nouuelle,
Tu ne crains ni ſoins, ni dangers,
Tu vas reprimer l'inſolence,
Et tu fais voir que ta vaillance
Eſt le ſalut des eſtrangers.

Suze fut bientoſt emportée,
Tu vins, tu veis, tu fus vainqueur;
L'Eſpagne autresfois redoutée
A ton abord perdit le cœur;
Ainſi le Prince dont l'Egliſe
Receut autresfois ſa franchiſe,
Forcea ces orgueilleux rempars,
Quand par vne iuſte vengeance,
Contre le perfide Maxence
Il déploya ſes eſtendars.

L'Eridan crut lors que ſes riues
Par vn changement glorieux,
Se verroient pour iamais captiues
Souz ton pouuoir victorieux;
Milan iadis ſi redoutable
Vid de ſa perte ineuitable,
Les triſtes preſages dans l'air,
Mais au lieu de le mettre en poudre,
Pour luy faire craindre la foudre,
Tu ne luy fis voir que l'éclair.

Ce fameux Heros dont les larmes
Pûrent à peine se tarir,
Alors qu'il apprit que ses armes
N'auoient qu'vn Monde à conquerir,
Alexandre, de qui les Perses
En tant de rencontres diuerses,
Sentirent le bras indompté,
Euſt apres de longues tempeſtes
Iouy du fruit de ſes conqueſtes,
S'il euſt vaincu ſa vanité.

Tu ſçais iouyr de ta victoire,
Et la iuſte Poſterité
N'accuſera point ta memoire
D'orgueil, ni de temerité,
Touſiours la raiſon te modere,
Tu commandes à la colere,
Tu reſiſtes à la douleur,
Et quelque deſſein qui te flate,
Tu veux que ta Iuſtice éclate
Auant que montrer ta valeur.

B iij

Docte & genereuſe Italie,
Feconde nourrice des Ars,
Beau ſeiour, où la Muſe allie,
Ses lauriers aux lauriers de Mars,
Pignerol maintenant t'aſſeure
Contre cét ennemy pariure
Dont tu ſentois la cruauté,
C'eſt l'écueil de ſon arrogance,
C'eſt le tombeau de ſa puiſſance,
Et l'autel de ta liberté.

Mais ſans commettre vne iniuſtice,
Puis-je bien parlant de ce lieu,
Ou le Ciel nous fut ſi propice,
Ne parler pas de RICHELIEV?
Là cét Heros incomparable,
Qui ſouz vn Prince inimitable,
Fait des miracles auiourd'huy,
Forcea les Alpes eſtonnées
Dauoüer que leurs Salmonées
Trouuoient leur Iuppiter en luy.

LO V YS , permets moy de le dire,
Tu receus vn grand don des Cieux,
Lors qu'ils te donnerent l'Empire
Qu'auoient possedé tes Ayeux,
Mais c'est vne grace plus rare
D'auoir auiourd'huy pour ton Phare,
Vn RICHELIEV dans tes Estats,
Ses conseils te donnent le tiltre
D'Appuy, de Vangeur, & d'Arbitre,
Des Peuples, & des Potentats.

Ce n'est pas te faire vn outrage
Que de ioindre son nom au tien,
On n'obscurcit pas ton courage,
Lors qu'on fait éclater le sien;
On peut dire que ses espaules
T'aydent à soustenir les Gaules,
Sans qu'on t'accuse d'estre las,
Rien n'est si lourd qu'vn diadesme,
Et nous sçauons que le Ciel mesme
Eut besoin d'Hercule & d'Altas.

On ne peut luy porter enuie
Sans hayr ta profperité,
On ne peut condamner fa vie
Sans bleffer ton authorité,
Faire vn iniurieux meflange
De fon blafme & de ta loüange,
C'eft noircir ton nom immortel,
Et par vn deteftable crime
Feindre d'offrir vne victime
Au Dieu dont on brize l'autel.

Quelle ruze le peut furprendre?
Soubs quels maux eft-il abbatu?
Quel ennemy fe peut defendre
D'aymer fa diuine vertu?
La France à fes mains fecourables
Des maux qu'on iugeoit incurables
Doit-elle pas la guerifon?
Et fes exploits font-ils pas croire,
Que la Fortune & la Victoire
Sont efclaues de la raifon.

N'eft-il

N'est-il pas ton Ange suisible?
Et par vn bon-heur nompareil,
Est-il pour toy rien d'impoßible,
Alors que tu suis son conseil?
Ne t'inspira t'il pas dans l'ame
Le dessein d'étouffer la flàme
De l'aueugle Rebellion?
Et fut-il pas dans ceste attaque,
Ce que fut le Prince d'Itaque,
Au fameux siege D'Ilion?

Quel autre au milieu de l'orage
Qu'excita le Demon du Nort,
Eust auec le mesme aduantage
Conduit son vaisseau dans le port?
Les vens auoient rompu ses voiles,
On ne voyoit dans les estoiles,
Que des presages mal-heureux,
Et la mer d'ennemis couuerte,
Chercheoit de la gloire en la perte
D'vn Pilote si genereux.

C

Dans ces entreprises illustres,
Où ton sceptre fut adoré
De ceux qui depuis tant de lustres
Avoient son pouuoir ignoré,
Il ne craignit point la tempeste
Dont le Ciel menaçoit sa teste
Au milieu des Peuples mutins,
Tout fut facile à sa prudence,
Et sa longue perseuerance
Malgré nous fit nos bons destins.

Quand la fatale messagere
Des plus tragiques accidens,
Paroist dessus nostre hemisphere
Auec ses longs cheueux ardens,
Chacun la contemple, & s'estonne
Qu'aux feux dont la nuit se couronne
Son éclat se monstre pareil,
Mais on voit mourir sa lumiere,
Peu de iours bornent sa carriere,
Et son couchant est sans reueil.

Tel voit-on le destin funeste
Des Ministres ambitieux,
Que souuent le couroux celeste
Donne aux Monarques vitieux
Leurs paroles sont des oracles,
Tandis que par de faux miracles
Ils tiennent leur siecle enchanté,
Mais leur gloire tombe par terre,
Et comme elle a l'éclat du verre,
Elle en a la fragilité.

RICHELIEV dans son innocence,
Ne doit pas craindre vn mesme sort,
Son pouuoir est sans violence,
Il n'est pas moins sage que fort,
Le Ciel fait ce qu'il te conseille,
Iamais son esprit ne sommeille
Dans l'assistance qu'il te rend,
Et par vn amour sans exemple
Il veut au milieu de ton temple
Se consumer en t'esclairant.

C'eſt par ſes conſeils ſalutaires
Que tu diſſipes les proiets
De tes ennemis temeraires,
Et de tes perfides ſubiets,
Sans eux la Fortune publique
Dans noſtre trouble domeſtique
Euſt eſté le ioüet des flots,
Lors que ſans crainte de la Parque
On veit contre leur propre barque
Se mutiner les Matelots.

En fin terminer nos miſeres,
Par les delices de la paix,
Vanger les pertes de nos Peres,
Agir ſans ſe laſſer iamais,
De monſtres purger ſa Prouince,
S'oublier pour ſeruir ſon Prince,
Eſtre touſiours fidelle à Dieu,
Rendre le plaiſir pour l'iniure,
Sont miracles que la nature
N'a veu faire qu'à RICHELIEV.

Qu'il pourſuiue ſon entrepriſe,
Sans redouter ſes enuieux,
Celuy que ton cœur fauorize,
Ne peut eſtre hay des Cieux;
Doit-il s'eſtonner qu'on murmure,
Et que de ſa vertu ſi pure
On face mille faux crayons,
Le Soleil en ſortant de l'onde,
Ne peut au gré de tout le monde
Diſpenſer l'or de ſes rayons.

LOVYS c'eſt aſſez que tu ſçaches
Que rien n'eſt ſi pur que ſa foy,
Que ſes vertus n'ont point de taches,
Et qu'il ne regarde que toy;
Ayme le doncques ſans meſure,
Ton amour eſt la ſeule vſure
Qu'il eſpere de ſes trauaux,
Et la vengeance la plus grande
Qu'auec iuſtice il te demande
Des outrages de ſes riuaux.

GODEAV